AF316524

ÉTRENNES

DROLATIQUES

POUR L'AN DE GRACE 1850

PAR

UN PAYSAN

QUI SAIT LIRE ET ÉCRIRE.

Prix : 10 centimes.

JULIEN, LANIER ET Cᵉ,

LIBRAIRES,

A PARIS	AU MANS
4, RUE DE BUSSY, F. S.-G.	12, PLACE DES HALLES.

1850

LE MANS. — Imp. de JULIEN, LANIER et Cᵉ.

PREMIÈRE SILHOUETTE,

Celui qui met un frein à la fureur des flots
Sait aussi, des *démocs*, arrêter les complots.
Soumis avec respect à sa volonté sainte,
Je nargue tous les *socs* et n'en ai nulle crainte.

(Racine, nouvelle édition.)

— Dites-moi donc, aimez vous les paraboles ?

— Pourquoi pas ?

En voici une, pour nous mettre en train :

Prenez une tortue, retournez-la, c'est-à-dire, couchez-la sur son dos, elle aura beau s'agiter, se démener dans tous les sens, la malheureuse ne parviendra jamais à se relever, c'est fini.

Telle est la position très critique des Montagnards, en perdant l'équilibre ; ils sont tombés à la renverse dans je ne sais quel impur gâchis, sans fond, sans issue ; ils écument, ils se débattent encore, mais ils ne marchent plus ; ils oscillent sur eux-mêmes comme la tortue, mais ils n'avancent pas... Nous les tenons !

Or, si les démagogues n'ont pas été assez terribles pour nous faire peur, en revanche, ils sont assez grotesques pour nous faire rire. Sachons en profiter, car depuis deux ans, tous les fronts sont affreusement plissés, tous les visages me paraissent soucieux et assombris.

Le serpent de l'ennui se glisse partout, règne partout... La gaieté française se meurt ! la gaieté française est morte ! — Ah ! mes frères, ne souffrons pas que ce cri lugubre, renouvelé de Bossuet, devienne jamais une vérité parmi nous.

Français par l'esprit, consentirions-nous à devenir Anglais par le spleen ?

Serions-nous las de nous entendre appeler le peuple le plus aimable du monde ?

Selon Pline, le naturaliste, bien des créatures, ici bas, sont capables de danser, susceptibles de polker, aptes à gigoter, mais l'homme seul a reçu du ciel l'inappréciable faculté de rire ; s'il y renonce, qu'est-ce donc qui rira désormais ? approfondissez cette grave question, les gambades et les pirouettes ne suffisent pas à l'humanité.

Vestale infidèle, la République aurait-elle laissé s'éteindre, pour la seconde fois, le feu sacré du plaisir qui flamboyait si joyeusement sous toutes les monarchies !

Fi donc ! quel blasphème ! exposer la sainte République à être enterrée toute vive ! quelle horreur ! J'en ai déjà le frisson, dans quel siècle vivons-nous ?

Pour un instant du moins, reprenons notre belle humeur et nos sémillantes allures, bannissons, bannissons nos angoisses : *Dieu protège la France !* les pièces de cinq francs le disent tout bas, les faits le prouvent hautement. Attention, permettez-moi de vous désopiler la rate, en faisant parader devant vous certaines figures que l'on prendrait volontiers pour des grimaces, si l'on n'avait pas un peu de charité chrétienne.

Faut-il vous chatouiller ? eh bien, on vous chatouillera, mais vous rirez, ou vous direz pourquoi. Si, par malheur, ô Catons incurables, si je ne réussis pas à vous dérider ; dans mon désespoir, on me verra jeûner 40 jours, au pain et à l'eau. Je suis prêt à exécuter de suite 28 patrouilles, sans reprendre haleine, ou bien je lirai tout un numéro de la *Démocratie pacifique,* au choix de mes juges, justement irrités.

Le premier profil socialiste qui se présente pour étrenner mon chevalet, n'est pas mal divertissant en vérité; j'espère même vous le montrer, à la foire prochaine, encadré entre un poulain à deux têtes et un bélier à huit pattes, *avec autorisation de M. le maire.* En attendant, faites-moi l'amitié de braquer votre lorgnon sur cette longue rue, vis à vis la troisième porte cochère, à droite, n'y apercevez-vous rien ? Quand ce ne serait qu'une main calleuse, au bout d'un gros bâton ferré.

— Que le... oui, que Proudhon m'emporte, si j'y vois la moindre chose ! Soyez donc assez gentil pour me proposer une autre charade; celle-ci ne me semble guère vraisemblable.

— C'est singulier, ça me chiffonne un peu... Ohé là bas ! ohé ! rangez-vous donc, laissez voir le monde, et surtout n'effarouchez pas le beau lion qui pérégrine en ce moment sur l'asphalte de nos trottoirs... Maintenant, frottez-vous les yeux et repointez votre binocle, y voyez-vous, enfin ?

— Parfaitement... quelle boule ! ah ! quelle boule ! Je distingue un petit homme légèrement débraillé, cagneux, bancal, barbu, crêpu, velu, trapu, tortu, crochu et surtout malotru... Où donc a-t-il pris ces deux larges pieds d'éléphant ? où a-t-il trouvé ce nez qui pleure, ces lèvres qui se tordent en grimaçant, ce regard oblique comme l'œil d'un veau qui trépasse, Dieu me pardonne ! on a oublié jadis de vacciner le paroissien, car sa frimousse est trouée comme l'écumoire d'un marmiton .. Unique ! unique !...

— Cette figure n'est-elle pas un peu ridée, en outre ?

— Horriblement; voici des ramifications bleuâtres qui ne ressemblent pas mal aux sept bouches du Nil, sur une carte de géographie ancienne.

— Fort bien; mais pour qui prenez-vous cet ex-Monsieur ?

— Je pourrais vous citer dix marchands de cirage, et même onze étameurs de cuillers, qui ont cette dégaîne-là, à peu de chose près.

— Vous n'y êtes pas.

— Serait-ce donc un conducteur d'omnibus desti-
tué, un tondeur de chiens, un négociant en peaux de
lapins ?

— Vous commencez à me faire de la peine; je vous
croyais meilleur physionomiste, parole d'honneur !
Quoi ! vous ne devinez pas ?

— Finalement, c'est un pêcheur de grenouilles, ou
tout autre fonctionnaire du même grade.

— Finalement, vous n'y entendez rien... Vous avez
sous les yeux un bipède oublié par Buffon, qui ne figure dans aucun carré du Jardin des Plantes, quoiqu'il
soit bien plus curieux que le malin lévrier d'Alcibiade,
errant dans les rues d'Athènes avec sa queue coupée...
Ce bipède, c'est le *Partageux*, sauf votre respect...
Comment ne l'avez-vous pas tout d'abord reconnu à
son teint bilieux, à son poil rouge, à ses yeux fauves
et chassieux, à son linge qui fut peut-être blanc, à
son brûle-gueule cassé, à ses favoris carottes trop
mûres, à tous ses boutons absents ou sur le point de
s'absenter, à ses bottes non cirées, dont l'une est
sans tige et l'autre sans semelle? comment ne l'avez-
vous pas reconnu, surtout à cette barbe touffue et
buissonneuse qui retombe en s'épanouissant sur sa
poitrine, comme la pelle d'un maître boulanger? Oui,
c'est là le partageux pur-sang, fainéant de première
classe, barricadeur, clubiste, émeutier de profession,
flambart, balochart émérite, maraudeur contumace,
noceur, viveur, débardeur, soiffeur, licheur, dont le
gousset est vide, mais dont le verre tient six chopi-
nes... Il fait son déjeûner d'une bouteille de vin
blanc, son dîner d'un litre de rouge, et son souper
d'un flacon de trois-six, pour s'endormir ensuite
au sein d'un clair ruisseau, en disant comme feu
Titus :

Dam ! je n'ai pas perdu ma journée!

Hâtons-nous de léguer ses traits à la postérité,

avant que l'éponge du temps ne les efface pour toujours. Ce type nouvellement découvert n'existait pas il y a six ans, à coup sûr, il n'existera plus en 1854, il sera passé à l'état de chimères, comme les gargouilles, les griffons, les Centaures, les loups-garroux et autres phénomènes totalement démonétisés de nos jours. Grâce à Dieu, les inventions modernes n'ont pas toutes le tempéramment de l'obélisque de Louqsor actuellement affligé de quatre mille ans, pour le moins. Il n'y a pas une minute à perdre, que les amateurs se dépêchent d'étudier le Partageux pendant qu'il fleurit et bourgeonne encore : certainement, ce n'est pas moi qui ferai la dépense d'un bocal d'esprit de vin, pour le transmettre aux générations futures après sa mort.

Comme tous les mortels, c'est du très haut que notre héros a reçu l'existence, mais c'est uniquement à monsieur son père qu'il doit son nom, son immortel nom, de... devinez... de :

GRACCHUS-CÆSAR-SCIPION FOURBU !

Un instant, ne riez pas ! ce nom est historique, il est sérieux. Je le trouve haut comme un mât de cocagne, profond comme le puits de Grenelle. *Scipion Fourbu...* tout est là, le passé, le présent, le commencement, la fin, l'alpha, l'ôméga, écoutez.

Isolés l'un de l'autre, ces deux substantifs n'ont qu'une médiocre portée, j'en conviens; mais unis, rapprochés, ils valent un long chapitre d'explications et de commentaires; il font connaître le personnage tout entier, ils révèlent sa grandeur, ils racontent sa décadence, ils proclament son triomphe, comme ils attestent ses revers et ses tribulations. — Et d'abord, *Scipion...* c'est la République romaine, ce moule éternel de toutes les Républiques, c'est le sénat, c'est le forum, c'est la célébrité, c'est le Capitole... Mais hélas ! *Fourbu*, c'est la culbute, c'est la dégringolade du haut en bas de la roche Tarpéienne. *Fourbu* vous représente le plongeon, le naufrage de tous les poissons rouges dans la bourbe des marres démocratiques.

L'un est le rayon, l'autre l'ombre; l'un est le flux, l'autre le reflux.

Figurez-vous Perrette et son pot au lait, brisé en mille morceaux à ses pieds, joignez-y les deux béquilles d'un éclopé, l'emplâtre d'un invalide, les trognons de pomme lancés à la face d'un méchant comédien, et vous comprendrez à peine tout ce qu'il y a d'amer, de néfaste et d'instructif dans ce fatal *Fourbu*, dont vous prétendiez rire tout à l'heure, ô homme frivole et inconséquent.

Vous connaissez tous cet imprudent monarque qui trop pressé, sans doute, commit jadis une si grave erreur à l'encontre d'un indispensable vêtement : hé bien, *Scipion*, c'est la culotte à l'endroit ; *Fourbu*, c'est la même culotte à l'envers... et sans bretelles ; notez bien le fait, car les bretelles étaient totalement inconnues au temps de Dagobert (voyez les mémoires de l'Académie des sciences). Que dirai-je encore ?

Scipion, c'est le carnaval avec son délire et ses grelots, ses transports et ses jubilations; *Fourbu*, c'est le carême, avec ses cendres, ses sanglots et ses grincements de dents. L'un est le rève, l'autre le réveil.

L'un est le roman, l'autre l'histoire. Hier encore, on était *Scipion*, aujourd'hui on est *Fourbu*, éreinté pour toujours.

Ah ! quelle désastreuse invention que les noms de famille ! N'avions-nous pas déjà bien assez de misères sans celle-là ?

— Mais continuons nos esquisses biographiques.

O Muse de l'histoire! Muse du vieux Plutarque, ne m'abandonne pas au milieu de ma course, viens délier mes doigts, viens aiguiser ma plume qui s'émousse.

A peine au sortir de l'enfance,
Quatorze ans au plus il comptait.

A cet âge de candeur et de poésie, Scipion quitta la Champagne pouilleuse, sa patrie bien légitime, pour débuter à Paris, en qualité de second clerc, chez... un charcutier de la rue Saint-Denis : par jour, 18 sous, en vieux liards, fromage d'Italie à discrétion, du flan, le dimanche ; et pourtant, cette brillante position sociale déplut bientôt à notre Champenois, dont le stage durait à peine depuis quelques semaines. En effet, concevez-vous un Gracque empaquetant des côtelettes? Comprenez-vous un Scipion accrochant et décrochant tous les jours des girandoles de saucissons, des guirlandes d'andouillettes? Un Scipion patauger dans cette gluante rue Saint-Denis !... Une âme d'artiste plongée dans le saindoux !.. Une vocation lyrique, une destinée humanitaire enfouie dans le vieux oing !.. Malédiction !.. L'idéal n'est qu'un mot, je ne crois plus à l'idéal !!!

Relisez donc Suétone ; un seul des douze Cæsar se trouva-t-il jamais réduit à une telle ignominie ? Les douze Cæsar tuaient des sangliers, me direz-vous ; d'accord, mais ils n'en vendaient pas la hure, en détail, sur la voie Appienne.

C'en est fait, nous porterons nos vues plus haut, s'écrie le dernier des Gracchus... Gare à vous, Scipion va se faire Catilina ! Gare à nous...

La transformation est accomplie ; l'imberbe Catilina conspire avec Marc Caussidière, le géant, le Polyphème de la République, avec Louis Blanc, le Lapon, avec Barbès l'énergumène, avec Proudhon, le Dieu manqué. On l'entend hurler, rugir dans la tannière des Cartouche et des Mandrin socialistes de notre époque. Hélas, les complots n'ont jamais enrichi personne, on ne bat point monnaie dans la caverne des conspirateurs; ceux qui font les affaires du monde entier font rarement les leurs..... aussi voyez le piteux état du nouvel affilié, son chapeau très pointu n'a plus de bords, c'est pour cela qu'il s'accommoderait si bien de votre feutre soyeux et luisant. Sa redingote déjà avancée en âge paraît veuve de ses deux coudes primitifs, elle est étoilée çà et là de petites meurtrières qui ne sont pas l'ouvrage du tailleur, c'est pour cela qu'il convoite si ardemment le jeune paletot de son voisin, paletot qui n'est ni lézardé, ni maculé de taches inamovibles.

Vous connaissez le Partageux, au physique, envisageons-le au moral; sous ce rapport, il offre encore le résumé fidèle de tous les mauvais instincts de notre nature. Si la bassesse et l'envie pouvaient disparaître du monde, vous les retrouveriez au fond de son cœur : la haine aveugle, la méchanceté stupide, l'ignoble couardise, la cupidité vorace se sont donné rendez-vous dans cette âme abjecte et dégradée ; au jour du combat, il charge les armes, mais il se garde bien de les tirer; si l'émeute triomphe, il viendra revendiquer sa part du butin avec l'impudence cynique d'un poltron, vainqueur par le courage d'autrui. Si l'insurrection est foudroyée, comme au 13 juin, vous le verrez s'annihiler, se ratatiner, s'escamoter lui-même pour passer par le trou d'une lucarne, comme *Ledru-Rollinus-Papirius-Cursor,* son glorieux maître, et déployer comme lui une incroyable vigueur..... de jarrets. Aussi est-il connu de tous et apprécié à sa juste valeur, par les moins clair-voyants; de pareils faits arrachent le bandeau de tous les yeux.

> Après la lune de miel, la lune rousse ;
> Après les ananas..., les choux verts ;
> Après Austerlitz..., Waterloo ;

Après les dragées du baptême, le corbillard de l'enterrement, a dit un ancien, fort judicieux, dont le nom me reviendra plus tard.

Ah! mes frères, comme ils sont déjà loin de nous les premiers jours de la République naissante! Notre héros, cousu de proclamations, courait alors de bourgade en bourgade, avec l'agilité d'un chamois. Ah! qu'il était donc radieux et pimpant, lorsque, fraîchement pomponné, bien ganté, coiffé au jasmin, en bottes vernies, pantalon collant, courtes basques, les lunettes vertes sur le nez, il volait inaugurant partout les arbres de liberté..., ces végétaux rachitiques et menteurs qui donnent à peine des feuilles et pas de fruits!

C'est un vrai prince *russien*... Mais non, c'est un mylord anglais! glapissaient les vachères ébahies, en voyant le mousquetaire du 24 février, tandis que leurs chiens, beaucoup mieux avisés, grognaient entre les dents comme des ténors sourdement enroués. Nos chiens sont bons connaisseurs, oui dah!

Les vieilles édentées se précipitaient, haletantes, sur le seuil de leurs portes pour voir défiler le missionnaire du gouvernement provisoire. Cajolé par les instituteurs, mitonné par tous les banqueroutiers, harangué par les juges de paix, il souriait aux postillons, aux cantonniers, et même à d'anciens pensionnaires de Rochefort qui, chapeau bas, tournaient sournoisement autour de lui pour implorer son omnipotence... Les maires impotents ou goutteux lui expédiaient les gardes champêtres, en ambassadeurs, à la limite du territoire; que dis-je, des adjoints débonnaires lui offraient des cigares à 20 centimes! il ne lui manquait plus qu'une garde d'honneur; encore un peu, c'était un ministre!

Non, mes frères, non, jamais âne chargé de reliques ne reçut autant de coups d'encensoir, autant de génuflexions..., et pourtant, le Partageux ne nous apportait pas de reliques, tant s'en faut, grand Dieu! tant s'en faut; il broutait les 45 centimes, et voilà tout.

Moi, qui vous parle, je l'ai vu écoutant les sérénades, accoudé sur une fenêtre de nos tourne-brides
villageois ; je l'ai vu évangélisant les estaminets et les
tabagies du haut d'un billard vermoulu. Je l'ai vu
octroyant les dignités, distribuant les places, avec
une prodigue insouciance, sans y regarder, comme
on donne des prises de tabac, dans un cercle d'amis.

Si, dans ce temps-là, nous avions amené à Scipion
une pudique et naïve rosière, sous un chêne séculaire, certainement Scipion eût couronné l'innocence,
et béni la blanche colombe du bocage sans perdre lui-
même son sérieux..., c'était déjà plus qu'un préfet...

O Molière où est-tu ?

Ne l'avons-nous pas entendu prêcher les vertus
républicaines et la rénovation sociale, au milieu d'une
atmosphère de marrons grillés, de prunes à l'eau-
de-vie, de grogs, de petits verres mal rincés, de
demi-tasses ébréchées, de bouchons heurtant le plafond; la gloire et le *gloria* vont si bien ensemble !

« En vérité, s'écriait-il après de copieuses incur-
« gitations, en vérité, je vous le dis, le monde est
« sauvé, l'âge d'or va reparaître ; la vue, la seule vue
« de cette éblouissante perspective m'exalte, m'é-
« tourdit de joie, me fait trébucher, flageoler d'allé-
« gresse... A l'avenir donc, plus de nez camards,
« plus de verrues !... tous les Français seront infini-
« ment beaux, infiniment aimables, démesurément
« spirituels, et même énormément joufflus. Janvier
« n'aura plus de frimas, ni mars de giboulées, l'hiver
« est détrôné comme tous les autres tyrans, un doux
« zéphyr soufflera éternellement sur notre planète;
« dès-lors, on ne verra plus ni manchons, ni para-
« pluies, mais au contraire des bottes de radis et
« d'asperges et des brassées de cantaloux en toute
« saison... Si parfois encore les nuages se permet-
« tent de nous cracher sur la nuque, ce sera tout au
« moins des flots de limonade et des avalanches de

« prâlines... Les bêtes, à leur tour, se lanceront dans
« les mystérieuses voies du perfectionnement indéfini.

« Les caniches les moins lettrés joueront aux do-
« minos, très couramment et sans souffleur. Les ho-
« mards donneront la patte sans se faire prier le moins
« du monde. Les singes se montreront de première
« force, pour présenter les armes. Les grenouilles
« devenues sensibles chanteront en chœur la fameuse
« cavatine : *ah vous dirai-je maman !...*

« L'univers entier cède enfin à l'irrésistible loi du
« progrès : pour commencer, au moment où je vous
« parle, la mer se change en vin de Chablis, il ne
« tient qu'à vous de le mettre en bouteilles, si ça peut
« vous faire plaisir. La lune, oui, la lune elle-même
« ne voudra plus être traitée de réactionnaire; ja-
« louse de mériter le glorieux titre de *Croissant* qu'elle
« usurpe depuis tant de siècles, elle va nous faire des
« petits mille fois plus dispos que leur fade et noc-
« turne mère... et voilà... quand on fait des réfor-
« mes, on n'en saurait trop faire. »

C'était presque un orateur, comme vous voyez.
Plus tard, on n'eût pas manqué de lui couler un buste,
une statue peut-être; malheureusement il s'est coulé
lui-même d'avance, sans aucune espèce de métal,
ni de bronze.

Sa gloire s'est éclipsée comme la flamme du punch,
comme le pâle reflet du ver luisant, sa splendeur
s'est éteinte ainsi qu'une vieille souche de sapin qui
charbonne, parce qu'elle n'a plus de résine :

Je n'ai fait que passer, il n'était déjà plus.

Paletot, cravache, éperons, écharpe bariolée, lunettes vertes, toute sa défroque gît au Mont-de-Piété...
Son ministère y serait aussi, je pense, si l'on accep-
tait de pareils gages au Mont-de-Piété.

Le grand réformateur est donc réformé ; son
royaume n'est plus de ce monde.

O partageux! te voilà redevenu ce que tu étais de droit.., zéro. Comme le fleuve du Jourdain, en un clin-d'œil, tu es remonté vers ta source : arrange-toi pour n'en plus bouger, et surtout garde-toi bien de revenir prendre l'air dans nos campagnes, car les naturels du pays te recevront comme une dixième plaie d'Egypte. Si l'on t'offre encore des bouquets ce sera au bout d'une fourche.

Ceux qui t'applaudissaient s'apprêtent à te charivariser; ceux qui, pour toi, dépeuplèrent leurs poulaillers, ceux qui t'abreuvèrent du vin de la Comète, te destinent une rafraîchissante potion d'huile de cottrêts... Si tu te présentes, nos ménagères elles-mêmes ne laisseront pas leur manche à balai dans l'inaction. Tous tant que nous sommes, nous éprouvons pour le socialisme exactement le même goût et les mêmes sympathies que pour la colique, la coqueluche et les punaises; veuillez en croire le paysan qui trace ces lignes, et qui en écrira d'autres encore, si elles ont le bonheur de ne pas vous déplaire; car,

> Tout Manceau que je suis, je suis un bon apôtre;
> Je sais faire claquer mon fouet tout comme un autre.

BIGARRURES.

M. Cabet.

On posait cette question :
Cabet sait-il l'arithmétique?
Il entend la *division*,
Répondit un auteur comique;
Mais comme tous ceux de sa clique,
Il excelle en *soustraction*.

A ce fameux Père Manceau.

A ton enseigne, Corydon,
Je propose une variante :

Au lieu du gas qui m'impatiente,
Tu devrais orner d'un melon
Les feuillets que tu mets en vente;
Car on peut en payer cinquante,
Sans jamais en trouver un bon.

Aux Ouvriers.

D'un ton bien patelin, de leur voix la plus belle
Les rouges vous diront : Allons donc, mes petits,
N'ayez pas peur; venez, j'sommes de vos amis...
Pour lors, songez au chien de feu Jean de Nivelle;
Que fait-il donc, ce chien ? Y s'sauve quand on l'*appelle*.

Naissance d'un Tribun romain.

(TRADUIT DE MARTIAL.)

D'audacieux bavards, de cyniques écrits
Disent que d'un farceur il est vraiment le fils.
   Réprimez, langues de vipère,
   Cette insolence mensongère;
   Jamais il n'en fut rien;
   Ce fameux citoyen,
A qui, sans réfléchir, vous inventez un père,
Est tout uniment fils..... de madame sa mère.

Au Père Manceau.

Aiguillonne tes bœufs, démène-toi, compère,
Ton champ, malgré cela, sera toujours jachère.

Au Même.

On dit que pour t'aider à répandre ta graine
De Paris tu reçois cent écus par semaine;
   Tu mérites mille fois plus,
   Mon vieux; non, vraiment, quand j'y songe,
   Cent écus, morbleu ! cent écus,
   Ce n'est pas un sou par mensonge.

Aux Républicains de la veille.

   Si maint poète, en sa chanson,
   Vous turlupine et vous raille,
   Messieurs, en voici la raison :
   C'est que vous fîtes la semaille
   Et que d'autres font la moisson.